KB063553

개를 위한 노래

DOG SONGS

개를 위한 노래

시 서른다섯 편과 산문 한 편

메리 올리버 시집

민승남 옮김

창비
Media Changbi

앤 테일러와 마틴 마이클슨을 위하여

자례

시작은 이렇지   *10*

우리는 어떻고, 그들은 어떤가   *11*

만일 당신이 이 책을 들고 있다면   *14*

모든 개들의 이야기   *16*

폭설(베어)   *17*

대화   *19*

루크의 폐차장 노래   *21*

루크   *24*

개의 무덤   *27*

어디서 왔는지 모르는 벤저민   *31*

개가 또 달아나서(벤저민)   *33*

벤저민을 붙들고   *34*

시 선생   *37*

바주기   *39*

목줄   *41*

퍼시   *44*

학교   *45*

작은 개, 밤의 랩소디   *46*

시간은 흘러   *47*

무제   *48*

퍼시가 나를 깨우고   49

개들의 다정함   51

내가 세금정산을 하는 동안 퍼시가 말하기를   52

리키를 기다리는 퍼시   53

퍼시(2002~2009)   54

"나는 나의 개 퍼시를 생각하게 될 테니까"   56

처음 퍼시가 돌아왔을 때   61

리키가 말하기에 대해 말하다   62

짓궂은 미소   65

여행자   67

쇼타임   68

나쁜 날   70

헨리   71

우리들은 어떻게 친구가 되는가   75

이야기가 어디로 흐를지 몰라   76

개 이야기   78

옮긴이의 말
메리 올리버가 부르는 사랑의 노래   88

일러두기

• 본문 중의 각주는 옮긴이의 것이다.

• 본문의 고딕체는 원서에서 이탤릭체로 표기된 것이다.

• 외국 인명과 지명, 작품명 및 독음은 외래어표기법에 따랐다.

시작은 이렇지

강아지는 강아지는 강아지.

그 강아지는 아마도 바구니 안에

　　다른 강아지들과 함께 있겠지.

그러다 조금 자라면 순수한

　　갈망 덩어리가 되는 거야.

그게 뭔지 알지도 못하면서.

그러다 누군가 그 강아지를 안아 들며 말해,

　　"이 아이 데려가고 싶어."

우리는 어떻고, 그들은 어떤가

우리는 믿음이 깊어졌다가,

믿음을 잃었다가,

다시 어려움에 처하면 그것을 되찾기도 하지.

우리는 돈벌이에 골몰하다가,

도덕적 삶에 관심을 돌렸다가,

다시 돈에 대해 생각을 하지.

우리는 경이로운 사람들을 만나지만, 바쁜 삶 속에서

      그들을 잃고 말지.

우리는, 그야말로 갈팡질팡.

흔들림이 없다는 건 아무래도

우리보다는 개에 대한 말인 것 같아.

그건 우리가 그토록 개를 사랑하는 이유이기도 하지.

만일 당신이 이 책을 들고 있다면

당신은 동의하지 않을지도 몰라, 신경 쓰지 않을지도 몰라,
그래도
만일 이 책을 들고 있다면 당신은 이걸 알아야 해.
내가 사랑하는 이 세상의 모든―많고 많은―광경들
그 목록의 꼭대기쯤에
목줄을 하지 않은 개들이 있다는 걸.

모든 개들의 이야기

내게는 잠자리가 있지, 오직 나만의.

내 몸집에 꼭 맞는.

그리고 가끔 나는 혼자 자는 게 좋아,

눈에 꿈을 담고서.

하지만 가끔 꿈들은 어둡고 거칠고 섬뜩해서

나는 잠에서 깨어 무서워해, 이유도 모르는데.

잠은 멀리 달아나고

시간은 어찌나 더디 가는지.

그래서 나는 달빛이 당신 얼굴을 비추는 침대로

기어오르고

이제 곧 아침이 오리라는 걸 알아.

누구에게나 안전한 장소는 하나쯤 필요해.

폭설(베어)

지금 새하얀 과수원에서 나의 작은 개
　　새로 쌓인 눈을 거친 발로 헤치며
　　신나게 뛰놀고 있어.

이리 뛰고 저리 뛰고, 잔뜩 흥분해서,
　　멈추질 못하고, 뛰어오르며, 돌며
새하얀 눈 위에 살아 움직이는 커다란
　　글자를 쓰지,
이 세상에서 몸이 누리는 기쁨을 표현하는
　　긴 문장을 쓰지.

아, 나였다면 그보다 더 잘하진
　　못했을 거야.

대화

1.

베어가 말했어. "난 당신에게서 눈을 떼지 말아야 한다는 걸
알아, 하지만 당신이 자꾸 뒤처져 사람들과 이야기하는 통에
그러기가 힘들어."

아니, 넌 저 멀리 앞서가면서
어떻게 나에게서 눈을 떼지 않을 수가 있겠니?

베어가 말했어. "그건 그래, 하지만 난 언제나
당신을 생각하는걸."

2.

며칠 집을 비워야 해서 애견호텔에 전화를 걸어
예약을 했어. 그런데 베어가
그 대화를 엿들은 모양이야.

베어가 말했어. "사랑과 반려는 모든 걸 바꿔놓는
장식과도 같아. 거기 가면 잘해줄 거라는 걸
알아, 하지만 난 슬프고, 슬프고, 슬플 거야."
그러면서 애처롭게 발을 비벼댔어.

난 여행을 취소했지.

루크의 폐차장 노래

난 폐차장에서 태어났어,
심지어 누더기 뭉치 위도
망가진 고물 차 좌석도 아닌
그 아래 흙바닥에서.

하지만 눈을 떴을 때
난 가장자리로 기어가
흔들리는 풀과 나무를 볼 수 있었고,
벌레들에게 물리면서도
꿈을 꾸기 시작했지.

밤이면 뒤틀린 쇠붙이 사이로
별 하나를 볼 수 있었어―둘도 아닌 하나.
그 빛은 경이로웠고,
난 귀중한 걸 배웠어,
당신에게도 좋은 것.

벌레들에게 물리고 뜯기면서도
난 그 별과 사랑에 빠졌지.

날마다 그 별을 올려다봤어—
몹시도 맑고 먼 그 빛.

내 말을 들어봐, 폐차장 강아지는
꿈꾸는 법을 빨리 배워.
내 말을 들어봐, 당신이 바라보고 사랑하는 곳, 그곳이 어디든—
거기가 당신이 있는 곳이야.

루크

나의 개는

    꽃을 좋아했지.

        활발하게 온 들판을

      누비다가도,

인동덩굴이나

    장미를 만나면,

      멈추어

        그 검은 머리로

젖은 코로

    모든 꽃들의

      얼굴을

        만졌지.

비단 같은

    꽃잎,

      그 향기

        공중으로

피어오르고

    그곳에서는 벌들이,

        꽃가루로 무거워진

         몸으로

맴돌고—

    나의 개는 쉽게

        모든 꽃들을

         예뻐했지,

우리처럼

    심각하고

        조심스럽게

         이 꽃 저 꽃 고르지 않고—

우리처럼

    골라서 찬양하거나

        골라서 사랑하지 않고—

         우리가 열망하는

그 방식으로―

　지상낙원에서의

　　행복하고

　　　야성적이고, 다정한 모습으로.

개의 무덤

그 개는 초록의 늪지에서 돌아오곤 했어, 탁한
    물방울을 뚝뚝 떨어뜨리며.
내 발밑에 엎드려, 검은 살가죽을 말아 올려
잇몸을 드러내며, 섬뜩하고도 경이로운 웃음을 지었지—
그러면 난 두 손으로 개의 쫑긋한 귀
    정교한 팔꿈치를 쓰다듬고
몸통을 끌어안으며, 소박하면서도 완벽한 아치를
    이룬 목선에 감탄했어.

개를 숲으로 옮기는 데는 우리 네 사람이 동원되었어.
우리는 음악 생각은 안 했지만,
어쨌거나, 비가 내리기 시작했지,
부슬부슬.

그 개의 늑대 같던, 초대하는 듯 어정쩡하던 덤벼듦.

무언가를 추적하고 나서 보이던 위풍당당한
    만족감.

살짝 이끼 낀 거친 혀로

내 얼굴을 때리며

리기다소나무를 헤치고 나아가던 그 개가 흩뿌리는 행복에

나도 위풍당당한 만족감.

벌새는 그 진홍색 목을 스스로 창조했다고

　　　생각할까?

그 정도로 어리석진 않겠지.

개는 15년을 살아, 당신이 운이 좋다면.

높은 구름 속에서 우는 왜가리들은

그게 자신들만의 음악이라고 생각할까?

개는 당신에게 와서 당신 집에서 당신과 함께 살지만

　　　그렇다고 당신이 개를 소유하는 건 아니야,

당신이 비나 나무, 그것들과 관련된 법칙들을

소유하는 게 아닌 것처럼.

곰은 가을에 언덕 비탈을

　　어슬렁거리며

긴 잠이 피난처가 되고 원기를

　　되살려주는 게

저 혼자만의 상상이라고 생각할까?

개는 세상의 냄새들을 통해 알아낸 걸

당신에게 말해줄 수 없지만, 당신은, 개를 지켜보며,

　　자신이 거의 아무것도

모른다는 걸 알게 되지.

다이아몬드 등뼈를 가진 물뱀은

연못 둑 검은 굴을

저 혼자 만들었다고 생각할까?

그 개는 앞장서서 들판을 헤매어 다니다가도, 내게로

　　돌아오거나

나를 기다려주거나, 어딘가에 있곤 했지.

이제 그 개는 소나무 아래 묻혀 있어.

난 그것에 대해 따지지 않을 거고, 겸허함을 달라는
기도 말고는 어떤 기도도 하지 않을 거고, 화내지도 않을 거야.

나무들 사이로 수런거리는 바람 소리가
        들려.

솔잎 냄새, 그건 분명코 에너지의
맛이 아니겠어?

그 개의 검은 몸은 얼마나 튼튼했는지!
무덤 자리는 얼마나 잘 잡았는지.

흔들림 없는 잠은 얼마나 아름다운지.

마침내,
산더미 같은 사랑의 파도가
우리에게로 부서져 내리지.

어디서 왔는지 모르는 벤저민

어쩌면 좋아?

내가 빗자루를 들면

    벤은 슬그머니 방에서 나가.

내가 불쏘시개를 갖고 법석을 떨면

    마당으로 뛰쳐나가.

그런 다음 벤이 돌아오면, 우리는

    한참 동안 껴안고 있지.

납작 엎드린 가슴에서

    심장의 달음박질이 진정되는 소리가 들려.

그러면 난 벤의 어깨를 쓰다듬고

    발에 입맞춤하고

사냥개의 긴 귀를 어루만지지.

    그러면서 말해. 베니,

걱정 마. 새 삶을 살아도 과거에 시달리는 게

    어떤 건지 나도 안단다.

개가 또 달아나서(벤저민)

그래서 난 이름을 소리쳐 부르며

손뼉을 쳐야 하지만,

밤새 내린 비로

개울물이 불어

이끼 낀 돌 위로

황토색 급류가 세차게 흘러

달콤하고 기이한 음악과 함께

굽이쳐 흘러

어서 돌아오라고 나의 작은 개를

불러대는

내 목소리가

그 음악에 뒤섞이는 건 싫어

햇살과 그림자가 서로 쫓고 쫓기는 걸 봐

바람이 소용돌이치고 내달리고 솟구쳐 오르고 내리꽂히는

소리를 들어봐

내가 누구라고 그 개의 단단하고 행복한 몸

검은 낙엽을 헤치고

씽씽 달리기를 좋아하는 하얀 네 발을 불러들여

내 옆에서 얌전히 긷게 하겠어.

벤저민을 붙들고

너와 너구리는 형제라고
말해봐야

소용없어.
당신은 자연을 온화하게 생각하지만

개는 생각이 좀 다르지.
그 머릿속은

흰 이빨과
가끔 무시무시하게

말려 올라가는 입술로 꽉 차 있어.
당신은 이 열성적인 개를

사랑하지만,
너구리에게도 역시 감탄하지.

희망과 가망 없음이라는 자리에 선
당신에게 신의 가호가 있기를.

검은 복면을 쓴 잿빛 녀석에게는

도망쳐!

그만큼 다급하게 개에게는

기다려!

그 개는 당신 말을 듣거나 안 듣는데
그건

내가 다 말할 수 없을 정도로 많은 뭔가에 달려 있어.
개는 확고해, 개는 옳아

그리고 당신, 마음이 복잡하게 뒤엉킨 당신은
참을성 있고 평화를 사랑하긴 하지만,

틀려.
그리고 당신은 의기소침하지.

맑고 초롱초롱한 눈은 당신이 아닌
개의 눈이지.

시 선생

대학에서 시를 가르칠 우아한 새 강의실을
내줬어. 한 가지만 지켜주세요,
개는 데려오실 수 없어요. 그들이 말했어.
계약서에 있어요, 내가 말했어. (난 그 사실을
분명히 해뒀거든.)

우리는 협상을 했고 나는 낡은 건물의
낡은 강의실로 옮겼어. 강의실 문은
열어두었어. 물도 한 그릇 갖다놓았지.
나는 다른 목소리들 사이로 벤이
멀리서 짖고 으르렁거리는 소리를 들을 수 있었어.
이윽고 모두가 도착했지—
벤, 벤의 친구들, 어쩌면 모르는 개
한두 녀석, 모두 목마르고 행복했지.
녀석들은 물을 마시고, 학생들 사이로
뛰어들었어. 학생들은 무척 좋아했지.
그들 모두 목마르고 행복한 시를 썼지.

바주기

그 조그만 검정개, 짖으며 빛나며 다가오더니
　　지금은 어디로 갔나?
이제 그 개는 떠났지, 특정성과
　　유일성, 가시성의 세계에서.

그리하여, 가슴 깊이 파고드는 슬픔. 그렇지만,
　　개는 우리에게서 완전히 떠난 걸까, 아니면
다른 세계, 모든 곳의 한 부분일까?

우리 함께 숲으로 가자, 봄이 어김없이,
　　다가오고 있는 곳,
봄은 유일성이나 특정성을 지니진 않았지만
　　영원한 선물이지, 그리고 확실히 가시적이지.

제비꽃이 피어나고, 나뭇잎이 펼쳐지고,
　　개울이 반짝이고, 새들이 노래하는 걸 봐.
　　무슨 생각이 들어?
그 개의 윤기 흐르는 곱슬거리는 털, 정직한 눈,
　　아름나운 짖음.

목줄

예전에 우리 시에서는 개들이 자유로이 돌아다녔다. 하지만 옛 방식은 바뀌었다.

어느 날 아침 강아지 한 마리가 목걸이에 기다란 줄을 매달고 우리 마당으로 들어왔다. 그 강아지는 우리 개들과 놀다가 결국 사라졌다. 하지만 다음 날 아침 다시 나타났는데 이번에는 다른 목줄을 하고 있었다. 그런 일이 여러 날 일어났다—그 강아지가 나타났고, 녀석은 장난기 많고 다정했으며, 늘 이빨로 물어뜯은 목줄을 달고 있었다.

당시 우리는 다른 집으로 이사할 준비를 하고 있었고, 어느 날 저녁 집 단장이 모두 끝났다. 하루 정도 지나서 직감이 시키는 대로 예전 집으로 차를 몰고 가보니 그 강아지가 문 옆 풀밭에 누워 있었다. 나는 녀석을 차에 태우고 우리의 새집으로 가는 길을 알려주었다. "최선을 다해봐." 내가 한 말이었다.

강아지는 잠시 머물다가 가버렸다. 하지만 다음 날 아침 우리의 새집에 나타났다. 목줄을 매달고서. 그날 늦게 강아지 주인이 나타났다—바이더위 동물보호소에서 발급한 서류와 가죽끈을 갖고 있었다. "그 아이 이름은 새미예요." 그녀가 말했다. "당신네 강아지이고요."

새미는 자라면서 시내를 돌아다니기 시작했고 그러다 개 단속관에게 붙잡히기 일쑤였다. 결국 우리는 당연히 법정에 소환되었고, 그곳은 논쟁을 벌이는 장소가 아니라는 것을 금세 깨닫게 되었다. 우리는 울타리를 만들라는 명령을 받았다. 그리고 그렇게 했다.

하지만 알고 보니 새미는 목줄을 이빨로 물어뜯어 끊을 수 있을 뿐만 아니라 울타리도 기어오를 수 있었다. 그렇게 그 개의 배회는 계속되었다.

하지만 새미는 개 단속관 말고는 아무하고도 말썽을 일으키지 않았고, 친구들까지 사귀었다. 다른 개들과 싸우려 하지 않았고, 그저 누군가의 마당에서 잠시 머물다가 가능하면 주인과 인사를 나누는 듯했다. 사람들은 개 단속관 눈에 띄기 전에 새미를 데려가라고 우리에게 연락을 주기 시작했다. 어떤 이들은 새미를 자신의 집으로 데리고 들어가 숨겨주기도 했다. 한번은 시 반대편에 사는 여자에게 전화가 와서 그 집으로 찾아갔더니 그녀가 이렇게 말했다. "몇 분만 기다려줄 수 있어요? 스크램블드에그를 좀 먹으려고 만들고 있거든요."

나는 새미에 대한 더 많은 이야기를 할 수 있고, 그 이야기는 끝이 없다. 하지만 예상치 못했던 기쁜 결말만 이야기해야겠다. 그 개 단속관이 사직했다! 그리고 후임 단속관은 다른 유형의 인물이었다. 그도 우리처럼 옛 시절을 기억하고 그리워했다. 그래서 새미를 발견하면 자신의 트럭에 태워 집으로 데려다주었다. 그렇게 해서 새미는 많은 친구들과 더불어 오래오래 행복한 삶을 살게 되었다.

이건 새미의 이야기다. 하지만 이 안 어딘가에 시도 한두 편 들어 있을 것이다. 어쩌면 이것은 소중한 우리 시의 옛 삶이 어떠했는지, 많은 주민들이 그 삶을 얼마나 그리워하는지에 대한 이야기인지도 모른다.

혹은 어쩌면 당신을 구속하고 있는 줄을 끊는다면 당신에게 일어날 수 있는 경이로운 일들에 대한 이야기일 수도 있다.

퍼시

우리 집에 새로 온, 사랑받는 시인˙의 이름을 딴 개가

애석하게도 우리가 방치해놓은

　　　책을 먹어버렸어.

다행히 쉽게 구할 수 있는

『바가바드 기타』였지.

퍼시가 멋지게 성장하고 있는 지금, 날마다

우리는 그 야성적인 곱슬머리를

만지며 말해,

"오, 작은 개들 가운데 가장 지혜로운 녀석아."

˙ 19세기 영국 시인 퍼시 비시 셸리.

학교

넌 학교에 다닌 적 없는

작은 야생의 존재 같아.

내가 앉아, 하면 넌 뛰어오르지.

내가 이리 와, 하면 넌 모래밭을 내달려서

가장 가까이에 있는 죽은 물고기에게로 가

너의 사랑스러운 목에 향기를 묻히지.

이제는 여름.

작은 개는 얼마나 많은 여름을 살까?

달려라, 달려, 퍼시.

여기가 우리 학교야.

작은 개, 밤의 랩소디

그 개는 내 뺨에 뺨을 마주 대고
마음을 표현하는 작은 소리들을 내.
내가 깨어 있거나 잠에서 깨어나면

발랑 몸을 뒤집어 네 발을
　　공중으로 들어 올리지,
그 열렬한 검은 눈.

"나를 사랑한다고 말해줘." 개가 말하지.

"또 말해줘."

이보다 더 달콤한 편곡이 있을까? 자꾸만 자꾸만
개는 묻게 되지.
나는 말하게 되지.

시간은 흘러

이제 퍼시는 점점 뻔뻔해지고 있어.

녀석이 하는 말. "우리 바닷가를 걸어요, 베이비,

가볍게 짖으며 세상을 흔들어봐요.

죽은 것들을 찾아 탐색해봐요,

가능하면 입으로."

폴의 말(馬)이 남기고 간 것도 탐색 대상이 될 수 있지

(이런 이야기 해서 미안하지만, 퍼시는 탐색 후에

입 맞추는 걸 좋아해).

아, 이런 일은 누구에게나 찾아오지.

아이는 자라니까.

그리고, 우리 생각에는, 사실 떨어져 나가는 거니까.

난 그걸 이해해.

그래서 축하하려고 애쓰지.

많은 이들에게 익숙한 의연한 자세로 말해.

저 곱슬머리 아이를 봐, 아수 녹립석이라니까.

무제

퍼시는 수술을 받기 전에
페니라는 작은 개와
한 번의 긴 랑데부를 가졌어. 공교롭게도
성과는 없었다지. 하지만, 아, 우리 퍼시
집으로 돌아오는 내내
싱글벙글.

퍼시가 나를 깨우고

퍼시가 나를 깨우고 난 준비가 안 됐어.

개는 밤새 이불 속에서 잤지.

이제는 간절히 몸을 움직이고 싶어 해. 산책, 다음엔 아침식사.

그래서 난 서두르지. 녀석이 올라가선 안 되는

    부엌 조리대에 앉아 있네.

나는 말하지. 넌 참 대단해. 내가 필요할 때면,

    나를 깨울 때면,

        어쩌나 영리한지.

잔소리를 들을 줄 알았던 퍼시는 몹시도

    눈을 빛내기 시작해.

칭찬을 더 들으려고 허둥지둥 소파로 달려가지.

꼼지락대며 낑낑거리지. 개는

    해야 할 일을 했고

        괜찮다는 말을 들었어.

나는 개의 귀를 긁어주고, 몸을 뒤집어

    여기저기를 만져주지. 개는

그게 썩 괜찮아서 잔뜩 흥분해. 다음에 우린 걷고, 다음에

    개는 아침을 먹고, 그리고 개는 행복하지.

이건 퍼시에 대한 시이지만

퍼시 이상의 것에 대한 시이기도 해.

그것에 대해 생각해봐.

개들의 다정함

어때, 퍼시? 모래밭에 앉아

달 뜨는 거 구경할 생각인데.

보름달이 뜰 거야.

그렇게 우리는 달 구경을 나서지

달이 떠오르고, 난 그 아름다움에

전율하며 시간과 공간에 대해

생각하고, 자신을 돌아보지. 천국을

생각하는 미미한 존재. 그렇게 우리는 앉아서, 나는

달의 완벽한 아름다움이 얼마나 감사한지,

그리고, 오! 세상을 사랑하는 것이

얼마나 가치 있는 일인지 생각하고, 한편 퍼시는

나에게 기대어 내 얼굴을

올려다봐. 내가 완벽한 달처럼

경이롭다는 듯.

내가 세금정산을 하는 동안 퍼시가 말하기를

무엇보다 첫째로, 나는 이 일을 하고 싶지 않아.
무엇보다 둘째로, 퍼시도 내가
　　　마치 포위된 사람처럼
책상에 웅크리고 앉아
　　　뭉툭한 연필을 들고 무수한 숫자들과 씨름하는 걸
　　　　　좋아하지 않아.

바깥에는 물이 파랗고, 하늘은 맑고,
　　　밀물이 들어오고 있어.
내가 말하지. 퍼시, 이 일 해야 해. 이 일은
　　　꼭 필요한 거야. 결국 끝낼 거야.

그 개의 대답. "나를 염두에 두고 있어줘.
　　　내가 숫자를 열까지 세지 못한다고 해서
어제를 기억 못 하거나 오늘을 예상 못 하는 건 아냐.
10분 줄게." 그리고 개는 그렇게 하지.
　　　그런 다음 즐겨 하는 말을 외쳐.
　　　　　가자!—그 누가 거부할 수 있겠어.

리키를 기다리는 퍼시

네 친구가 올 거야, 내가
퍼시에게 이름을 말하자

녀석은 문으로 달려가지, 커다란
입이 웃는 모양 되어,

꼬리 흔들며, 개는 꼬리가 있으니까.
에머슨* 당신이 권고한 대로,

난 성찰하는 삶을 살고자 애쓰지만
머릿속에 성찰할 것이 적었으면 하는

그런 날들이 있어,
복잡한 기분은 말할 것도 없고.

퍼시가 되어 아무 생각 없이, 무얼 저울질하지도 않고
그저 앞으로 달려만 간다면 어떨지 궁금해.

• 19세기 미국의 사상가이자 시인인 랠프 월도 에머슨.

퍼시(2002~2009)

이건—침대에서 일어나 거실 소파로
    나가 앉아 있다가
퍼시 눈에는 내가 아무것도 안 하는
것처럼 보일까 봐 내가 한 말—이건
    생각하기라는 거야.
개나 나무나 풀처럼
온전히 자연의 아이가 되지 못하는
    인간들이 하는 거지.

개의 눈은 그런 행위에 의문을 던졌어.
개가 말했지. "흠, 좋아, 그렇다면야.
그게 뭐든. 사실
    난 입 맞추는 걸 더 좋아해."

그러더니 내 곁에서,
곱슬곱슬한 머리를 박고
꽃처럼 예쁘게, 잠이 들었지.

"나는 나의 개 퍼시를 생각하게 될 테니까"

나는 나의 개 퍼시를 생각하게 될 테니까.

퍼시는 작지만 용감했으니까.

퍼시는 다른 개를 만나면 다정하게 뽀뽀했으니까.

퍼시는 잘 때 코를 조금밖에 안 골았으니까.

퍼시는 어리석은 동시에 고귀할 수 있었으니까.

퍼시는 말할 때 트럼펫을 연상시켰고
　　　바닥을 북 치듯 긁었으니까.

퍼시는 제일 좋은 음식만 먹고 제일 깨끗한 물만
　　　마셨지만, 죽은 물고기도 조금씩 뜯어 먹었으니까.

퍼시는 상한 몸으로 내게 와서 오래 살지 못할 게
　　　분명했지만, 하루하루를 제대로 누렸으니까.

퍼시는 군소리 없이 약을 먹었으니까.

퍼시는 이웃집 불마스티프와도
　　　잘 놀았으니까.

퍼시는 진창을 만나면 첨벙첨벙 밟고 지나갔으니까.

퍼시는 아이들에게 자비심을 가르치는 도구가
　　　되어줬으니까.

퍼시는 사랑의 말뿐 아니라 시에도 귀 기울였으니까.

퍼시는 킁킁 냄새를 맡을 때면 세상 모든 것에
　　　기쁨을 느끼는 것 같았으니까.

퍼시는 병이 날 때마다 이겨내고 또 이겨냈으니까,
　　　이겨낼 수 있을 때까지 이겨내고는 떠났으니까.

퍼시는 근엄함과 우스꽝스러움의 혼합체였으니까.

우리 인간은 개가 꿈도 꾸지 못한 방식들로
　　자기파괴를 꾀할 수 있으니까.

퍼시는 약삭빠르고 무모하게 굴었지만,
　　결코 자진해서 훈육을 받으려 하진 않았으니까.

퍼시의 슬픔은 말하지 않아도 이해할 수
　　있었으니까.

퍼시가 쉬고 있을 때 그 평온함보다 달콤한 건
　　없었으니까.

퍼시가 움직일 때 그 삶보다 활기찬 건
　　없었으니까.

퍼시는 늑대의 종족이었으니까.

내가 집에 없을 때 퍼시는 창가에서 나를
　　기다렸으니까.

퍼시는 나를 사랑했으니까.

퍼시는 내가 발견하기 전에 고통을 겪었고, 결코
    그걸 잊지 않았으니까.

퍼시는 앤을 사랑했으니까.

퍼시는 잠자리에 누워 신이 자신을 창조했는지
    아닌지에 대해 논하지 않았으니까.

퍼시는 발랑 뒤집어져서 진짜 웃음을 웃을 수
    있었으니까.

퍼시는 친구 리키를 사랑했으니까.

퍼시는 모래밭에 구덩이를 파서 거기 리키가 들어가
    눕게 했으니까.

나는 자주 구름 속에서 퍼시의 형상을 보고 그건 나에게
한없는 축복이니까.

「"나는 나의 개 퍼시를 생각하게 될 테니까"」는 크리스토퍼 스마트의 시
「나는 나의 고양이 제프리를 생각하게 될 테니까(For I Will Consider My
Cat Jeoffry)」에서 파생되었다. 스타일을 제외하면 결코 모작은 아니다. '제
프리'가 전적으로 우월하다. 나는 며칠간 이 경이로운 시의 어깨 위에 서
서 퍼시에 대해 생각했다. 이탤릭체로 된 행들은 크리스토퍼의 시에서 그
대로 가져왔다는 표시이다. 단, 이름을 바꾸고 동사의 시제를 현재에서
과거로 고쳤다(※ 원주).

처음 퍼시가 돌아왔을 때

처음 퍼시가 돌아왔을 때

구름을 타고 오지는 않았어.

모래밭을 천천히 달려왔지, 마치

먼 길을 온 것처럼.

"퍼시," 나는 소리쳐 부르며, 다가갔어—

　　　　　그 곱슬곱슬한 흰 털—

하지만 개에게 닿을 수가 없었어. 음악이

존재하지만 손으로 만질 순 없는 것처럼.

"그래, 완전히 달라. 당신은 정말 놀랄걸."

개가 말했어.

하지만 나는 그 생각은 하지 않았어. 오직

그 개를 안고 싶은 마음뿐이었지. 퍼시가 말했어.

"들어봐, 나도 그게 그리워.

이제 당신은 내가 돌아오는 것에 대한

　　　　　이야기를 하게 될 거고

그 이야기들은 거짓이 아니고, 진실도 아니겠지만,

진짜일 거야."

그러더니, 예전에 그랬던 것처럼, 이렇게 말했지. "가자!"

그리고 우리는 함께 비딧기를 길있어.

리키가 말하기에 대해 말하다

리키, 어떻게 앤과 내가 너와 말할 수 있는지,
퍼시와도 어떻게 말할 수 있었는지, 그리고 어떻게
우리 모두 서로를 이해할 수 있는지 설명해줄 수
있겠니? 그건 일종의 기적일까?

리키의 대답. "기적이 아냐. 사실
아주 간단해. 당신이나 앤이 말할 때,
나는 그걸 들어. 내가 말할 때, 당신은
퍼시에게 그랬던 것처럼 그걸 듣지."

그야 물론 우린 듣지!

"아니, **진짜로** 듣는 걸 말하는 거야. 다른 집에서
흔히 볼 수 있는 풍경을 말해줄게.
한 사람이 말하고 있는데,
다른 사람이 그걸 진짜로 듣고 있질 않아.
겉보기엔 듣고 있는 것 같지만
사실은 자신이 하고 싶은 말에 대해
생각하거나, 아니면 그냥 마음이

딴 데 가 있지. 아니면 요즘 사람들이

손에 쥐고 다니는 그 작은 상자를 들여다보거나.

그래서 사람들은 좌절하고,

시도조차 하지 않게 돼. 당신도 알겠지만,

말이 없는 사람들은 슬픈 사람인 경우가

많아."

리키, 너 진짜로 그것에 대해 생각했구나.

우리가 말을 나눌 수 있는 건 우리가 진짜

듣기 때문이고, 그건……

"그래, 우리가 서로에게 마음을 쓰기 때문이지."

짓궂은 미소

"제발, 제발, 며칠은
굶은 것 같아."

뭐? 리키, 너 저녁 잔뜩 먹었잖아.

"내가? 내 배는 기억을 못 해.
아, 나 굶어 죽을 거 같아. 제발
아침밥 좀 줘, 그럼 당신이 모르는 걸
말해줄게."

리키는 순식간에 먹어치웠어.

내가 말했지. 그래, 나한테 말해줄 게
뭔데?

리키는 짓궂게 씨익 웃으며 말했어.
"우리가 여기 오기 전에,
앤이 벌써 아침밥 줬다는 거."

개는 귀엽고 고귀하지.

진실하고 사랑스러운 친구지. 하지만

쾌락주의자이기도 하니까, 조심해.

여행자

리키, 네 조상은 쿠바에서 왔지,

　　　맞지?

리키의 말. "그렇다고 들었어."

그런데 넌 플로리다에서 태어났잖아?

"난 아기였는데 그걸 어떻게 알겠어?

　　　하지만 그렇다고 들었어."

그다음에는 매사추세츠와

　　　다른 주들과 멕시코에서 살았고

　　　이제 다시 플로리다에서 살지, 네가

　　　어디를 더 다녔는지는 하늘만 아는 일.

　　　넌 미국 개야, 아님 뭐야?

리키는 무심히 어깨를 으쓱한 후

　　　미소 지으며 말했어.

　　　"Je suis un chien du monde." *

• 프랑스어로 '나는 세계견이야'라는 뜻이며 '세계인(Citoyen du Monde)'
　을 응용한 것이다.

쇼타임

개들 등장. 털을 빗고, 다듬고,
광까지 냈어.

리키가 말했어. "도대체 쟤들한테 무슨 짓을 한 거야!
털을 반은 밀었잖아. 또
머리에는 베개를 매달고. 또
꼬리는 어디로 간 건데?"

그게 규정이야, 내가 말했지.

"뛰려고 애쓰는 저 여자들 좀 봐.
당신이랑은 정말 다른 것 같아."

고맙구나, 내가 말했지.

"저 꼴을 보기만 해도 머리가 아파와.
좀 짖어야겠어!" 리키는 짖기 시작했어.

텔레비전에 대고 짖어봐야 아무 소용 없어,

내가 해봤어, 내가 말했지. 그러자 리키는 멈췄어.

"만약 저 개들을 만나면 여기로
초대할 거야, 여기선
진짜 개가 될 수 있으니까."

나의 말. "좋아. 하지만 기억해두렴,
모두를 위해 세상 모든 걸 고칠 순 없단다."

리키의 말. "그렇지만, 시작조차 안 하면
아무것도 할 수 없는 거잖아. 당신이
그렇게 말하는 걸 내가 한두 번 들었나, 한
백 번은 들었을걸?"

나쁜 날

리키, 왜 그렇게 짖어대며 소파를
갈가리 찢어놓으려는 거야? 좀
진정할 수 없겠니? 오늘 힘든 하루였어.

"아무렴, 힘들었지. 우선 당신은 나를
데리고 나가는 걸 잊어버렸어. 그다음엔
시장에 갔고 또 어디를 더 돌아다녔는지 알 게 뭐야.
내 밥시간이 늦어졌지. 우리 산책은
짧았고. 그리고 이제 당신은 바닥에서
나랑 놀아야 하는데, 아니
그런데, 다른 걸 하고 있어. 그래서 난
이 소파를 좀 괴롭혀야겠다고
생각한 거야."

저런, 안 돼. 착한 아이가 돼야지.

"솔직히 뭘 기대해? 나도 당신처럼
완벽하지 않아, 나도 한낱 인간일 뿐이라고."

헨리

"저거 뭐야?" 헨리가 문으로 들어서자
리키가 말했어.

내가 대답했지. 헨리란다. 불도그고
내 친구 린다와 같이 우리 집에
묵을 거야.

리키의 말. "쟨 말(馬)이야. 난 벌써
심장이 벌렁거려."

그래, 덩치가 크지, 불도그는 그래.
안녕 인사해.

"이런. 음, 안녕 헨리. 내 장난감들 몽땅
먹어치우지 말았으면 좋겠어."

헨리: 쿵, 쿵.

리키: (나에게) "쟨 말재주는 없네,

그치."

헨리는 또 한 번 쿵 하더니 소파 위로
기어올라갔어.

리키가 외쳤어. "여긴
우리 둘이 있을 자리가 없어!"

자리는 충분해. 조금 비켜줘, 그리고
헨리에 대해 알아가는 시간을
가져보렴.

리키는 헨리에게 가까이 다가앉으면서도
불안한 기색이었지.

아주 멋진 한 주가 지나갔어. 친구와
나는 이야기를 나눴고, 바닷가를 산책했지,
리키와 헨리는 헤엄도 치러 가고,
함께 구덩이도 팠지, 먹힌 장난감은

없었어.

마침내 그들이 떠나야 하는 날이 왔어. 그때쯤
리키는 다리를 절룩거리며 느릿느릿 움직이는
열다섯 살 헨리와 친구가 되어 있었지.

리키가 말했어. "안녕, 헨리."
헨리가 말했어. "쿵, 쿵."
그리고 그들은 떠났지.

리키의 말. "걔는 진짜로 말처럼
크긴 해도 사실 아주 다정한 말이야.
또 왔으면 좋겠어."

우리들은 어떻게 친구가 되는가

어느 날 바닷가에서 리키가
저랑 몸집이 비슷한 친구를 만났어. 그녀 이름은
루시, 아주 예뻤지.
"우와." 리키가 말했어.

자연히 그와 동시에 난 루시의 엄마
테리사를 만났지.

마침 리키의 정식 이름은
리키 리카르도, 그러니 어찌 리키와 루시가
서로 좋아하지 않을 수 있었겠어?* 실제로,
둘은 아주 친해졌지. 그 둘이 서로를
만나지 못하는 날은 좋은 날일 수가
없었어.

그러니 어찌 테리사와 내가 그날부터
친구가 되지 않을 수 있었겠어?

---

* 리키와 루시는 미국 시트콤 「왈가닥 루시(I Love Lucy)」의 주인공 커플
로, 극 중 남편인 리키 리카르도 역시 쿠바 출신이다.

이야기가 어디로 흐를지 몰라

어느 날 리키가 내게 말했지. "그런데 왜
당신은 꼬리가 없어?"

글쎄, 그냥 없는 거지. 어쩌면 옛날 옛적에는
나도 꼬리가 있었을지 모르는데, 이젠 없지.

"무슨 일이 있었어? 혹시 사고라도 당한 거야?"

아니, 아냐. 모든 건 변해. 때로는. 시간이
흐르면서.

"그럼 언젠가는 내가 산책도 못 하고,
밥도 못 먹을 수 있다는 거야? 포옹도 못 하고? 그건
무서운데, 너무 무서워."

아니, 아냐. 그건 시간이 진짜 오래 걸려. 사실
어떤 것들은 시간이 흐르면서 변하고
어떤 것들은 안 변해.

"그런데, 난 그런 걸 어떻게 알게 되지?"

리키, 그냥 하루하루 살다보면 알게 되는 거야.
너를 힘들게 하는 변화가 있니?

"아니, 없어. 난 날마다 모든 게
아주 좋아."

그럼, 알겠지? 그냥 계속해서 모든 걸 좋아하면 돼.
기도하고.

"그건 내가 전혀 모르는데."

아니 넌 알아. 네가 매일 아침 잠에서 깨어
너의 삶과 세상을 사랑하고 있다면, 애야, 너는
기도하는 거란다. 확실해.

개 이야기

개는 저 앞에서 들판 수풀에 주둥이를 박고 있다. 이윽고 내가 그곳에 닿았을 때는 갓 태어난 새끼 들쥐가 개의 목구멍으로 사라지고 있었다. 개는 내 기분을—칭찬을 할지, 재미있어하는지, 못마땅해하는지— 살피려고 눈알을 위로 굴리지만 나는 그저 가볍게 머리를 만져주고 내쳐 걷는다. 판단은 스스로 내리라고. 들쥐는 수풀 깊숙이 찻잔 모양의 두툼한 둥지를 지어놓고 거기서 무수한 굴을 따라 샛강으로 가기도 하고 멍든 사과나 박하 잎, 월귤을 가지러 과수원으로 들어가기도 한다. 그러고는 둥지에서 찍찍거리며 고물대는 새끼들에게로 서둘러 돌아간다. 하지만 그 새끼들은 벤의 어금니에 우적우적 씹혀 변형을 위해 어둠과 산(酸)으로 이루어진 통로를 내려갔다. 나는 새끼들이 잘 씹혔기를 바란다.

집에 돌아온 벤은 '걸신들린 것처럼' 먹어댄다. 밥그릇에 얼굴을 박고 숨도 제대로 안 쉬면서 싹 먹어치운다. 벤은 블루리지에서 데려온 유기견이라 고생이 뭔지 알고 잠시 동안이라도 굶주림을 겪어봤을 것이다. 처음에 왔을 때 혀가 갈라져 있었는데 오래전에 아문 그 의문의 상처는 캔 뚜껑에 베인 것일 수도, 먹이를 두고 싸우다가 다른 개에게 물린 것일 수도 있다. 그건 우리가 영원히 알 수 없는 비밀 중 하나다. 혀 앞쪽이 2.5센티미터쯤 갈라졌는데 가운데는 아니다. 이제 그 혀는 두 방향에서 미끄러져 나오거나 오른쪽 송곳니 양옆에 걸쳐져 있으며, 백태 낀 두툼한 혀 위로 송곳니가 솟아 있는 모습은 마치 분홍빛 바다 위의 흰 새 같다.

벤은 별난 습관과 버릇, 공포와 불안을 가지고 우리에게 왔고 아직도 그것들을 버리지 못하고 있다. 하지만 대개는 합리적인 것들―조용함, 안전함, M과 내가 눈에 보이는 데 있는 것―을 원한다. 녀석은 번개, 빗자루, 불쏘시개, 역화(逆火), 트럭에 겁을 먹는다. 그리고 들판, 자유, 토끼 냄새, 차 타는 것, 먹는 것을 좋아한다. 물 4리터를 단숨에 마신다. 8시간을 쉬지 않고 달린다. 지금은 아니라도 전에는 그랬다.

벤 어딨어?
개울에 내려가서 진흙탕을 뒹굴고 있지.

벤 어딨어?
들에 나가서 또 쥐 잡아먹고 있지.

벤 어딨어?

위층 제 방에서 베개

네 개와 파란 담요 위에서 자고 있지.

〽

밤과 개에 대하여. 우리는 개처럼 밤의 깊은 어둠을 세세히 파헤칠 수 없다. 어둠 속에서 수풀을 헤치고 나아가는 무수한 존재들을 개처럼 낱낱이 구분할 수가 없다. 생쥐, 들쥐, 밍크, 여우 발톱과 여우의 가느다란 오줌 줄기, 풀잎에 달라붙은 오줌방울들, 그 투명한 금빛 목걸이. 그리고 토끼―그 발 냄새, 체액, 털 한 올, 흰 꼬리 아래 분비샘에서 흘러나온 약한 울음, 배설물 한 방울, 여기저기 떨어지는 검은 진주들. 나는 벤이 젖은 땅에 찍힌 사슴 발자국에 세심하게 코를 대고 무엇엔가 귀 기울이듯 눈을 감는 걸 본 적이 있다. 개가 듣는 건 소리가 아닌 냄새였다. 우리가 알지 못하는 냄새의 거칠고 높은 음악.

〽

오늘 밤 벤이 마당을 달리고 베어가 그 뒤를 따른다. 둘은 들판으로 사라져버린다. 실크 띠처럼 부드러운 바람이 집을 감

싼다. 나는 개들을 따라 들판 끝까지 가서 숲 가장자리 키 큰 소나무에 앉은 칡부엉이의 울음을 듣는다. 부엉이는 밤 새 거기 앉아 고양이 같은 울음소리를 내다가 이따금 희끄 무레한 날개를 펼치고 나방처럼 풀 위를 난다. 부엉이가 날 아가자 벤과 베어가 고개를 들고 구경한다. 들쥐도 조약돌 같은 조그만 심장으로 그 소리를 들을 것이다. 나는 아무것 도 듣지 못하지만.

꿈

베어는 꼬리가 동그랗게 말린 작고 흰 개다. 한가롭고 예쁘 게 살게끔 태어났지만 세상을 사랑하는 법을 배워서 큰 개 들과 어울려 거칠게 날뛴다. 벤과 베어의 형제애는 해가 갈 수록 돈독해진다. 두 녀석은 습관도 각각이고 좋아하는 잠 자리도 따로 있지만 상대가 눈에 보이지 않으면 끊임없이 걱 정한다. 둘이 서로를 응원하며 미친 듯 짖어대기도 한다. 둘 다 재채기로 기쁨을 표현하고 하품으로 익살맞게 당혹감을 나타낸다. 차에서도 집이 가까워지며 바다 내음이 밀려들기 시작하면 둘 다 꼿꼿한 자세로 콧노래를 흥얼거린다.

저 작은 흰 개는

무슨 기운이 넘쳐서

무얼 그리 즐기려고

진흙길 위

웅덩이마다 뛰어들까.

ꙮ

어떤 것들의 야생성은 불변하고, 어떤 것들은 온순하게 길들여진다. 호랑이는 야생적이다. 코요테, 부엉이도 그렇다. 나는 길들여졌고 여러분도 그렇다. 야생적인 것들이 변하는 경우도 있지만 겉보기에만 길들여진 것이지 진짜 달라진 것은 아니다. 그러나 개는 그 두 세계에 다 속한다. 벤은 헌신적이고 우리 사이에 문이 있는 걸 싫어한다. 우리와 떨어지는 걸 두려워한다. 우리뿐만 아니라 개 친구도 있으며 오랫동안 그 친구에게도 충실했다. 날마다 두 녀석은 다른 개 몇 마리와 시끄럽게 어울려 다니며 피비린내 나는 놀이를 하기도 한다. 개는 순하다가도 그걸 잊는다. 개는 약속을 하지만 그걸 잊는다. 목소리들이 개를 부른다. 늑대 얼굴들이 꿈에 나타난다. 벤은 수풀이 놀랍도록 우거진 곳이나 불모의 땅을 달리는 자신을 발견한다. 우리가 한 번도 보지 못한 장소들이다. 깊은 잠에 빠진 벤의 발이 경련하고 입술이 실룩거린다. 개는 꿈에서 덤불을 헤치고 나는 듯 달리고 좁은 굴을 따라 땅속으로 들어간다. 거기가 집이다. 개는 잠에서 깨면 동요하여 눈빛이 흐리지만 우리가 이름을 부르면 어렴풋이 알아본다. 우리를 보고 얼마나 기뻐하는지. 그 기쁨을 표현하려고 조그맣게 재채기를 한다.

그러나 아! 서서히 물러나며 희미해지는 꿈에서는 다시 그곳에, 자연의 지배를 받는 바위투성이의 순수한 근원에 존재한다. 그곳에서 다시 야생동물이 되어 그런 삶밖에는 모른다. 다른 가능성을 모른다. 나무와 개와 흰 달, 둥지, 젖가슴, 마음을 따뜻하게 하는 젖의 세계! 굴 끝에는 털이 무성한 사나운 존재가 버티고 있다. 아버지로 알려진 자, 자신이 나중에 자라서 될 용사.

개는 약속하지만 잊어버린다. 그걸 탓할 수는 없다. 울퉁불퉁한 입에서 이빨이 번쩍거린다. 등뼈를 따라 털이 곤두선다. 다리 하나를 들고 빛나는 물안개를 뿌린다. 돌 위에, 죽은 두꺼비 위에 혹은 누군가의 모자 위에. 개는 주인이 무엇을 요구하는지 알고 거기 부응하려고 애쓴다. 그렇게 오랫동안 착하게 살다가, 잊어버리고 만다.

～

개의 질주하는 삶은 몹시도 짧다. 개들은 너무 빨리 죽는다. 내게는 그에 관한 슬픈 사연들이 있다. 독자들 중에도 많은 이가 그럴 것이다. 우리는 개들이 늙도록 방치하는 것을 의지의 부족, 사랑의 부족처럼 느낀다. 개들이 영원히 우리 곁에 머물게 하기 위해서라면, 개들이 젊음을 유지할 수 있게 하기 위해서라면 우린 무엇이든 할 수 있다. 하지만 그 선물만은 줄 수가 없다.

여름 해변

바바, 치코, 오베다이아, 피비, 애비게일, 에밀리, 에마,

조시, 푸시파, 체스터, 자라, 러키, 벤저민, 베어,

헨리, 애티샤, 올리, 불라, 거시, 코디, 앤젤리나,

라이트닝, 홀리, 수키, 버스터, 바주기, 타일러, 마일로,

매직, 태피, 버피, 섬퍼, 케이티, 피티, 베니,

에디, 맥스, 루크, 제시, 키샤, 재스퍼, 브릭, 브라이어

로즈.

베어가 고개를 들고 밝은 표정으로 귀 기울인다. 녀석은 흥분해서 으르렁거리며 밖을 보려고 창문으로 달려간다. 내가 그 개들을 데려오지 못하고 이름만 소리 내어 부른 건 베어에게 속임수일까 아니면 선물일까? 녀석은 겨우내 이 수수께끼를, 이 이상하고 놀라운 기쁨을 들으러 부리나케 달려올 것이다.

ᔕ

하지만 내가 찬양하고 싶은 것은 개의 상냥함이나 점잖음이 아니라 야생성이다. 개는 야생성에서 완전히 벗어날 수 없고, 그건 우리에게도 득이 된다. 야생성은 우리의 고향이기도 하며, 우리는 걱정거리와 문제가 가득한 현대로 질주해 들어오면서 우리가 지키거나 복구할 수 있는 근원과의 훌륭한 연결 장치를 필요로 하기 때문이다. 개는 그 풍요롭고 여전히 마법과도 같은 첫 세계의 전령들 중 하나다. 개는 우리에게 우아한 운동 능력을 지닌 육체의 쾌감, 감각의 날카로움과 희열, 숲과 바다와 비와 우리 자신의 숨결의 아름다움을 상기시킨다. 깡충거리며 자유로이 뛰어다니는 그들 중에 우리에게 가르침을 주지 않는 개는 없다.

자유로이 뛰어다니는 개들이 나무라면, 평생 목줄에 묶여 얌전히 걸어 다니는 개들은 의자라고 할 수 있다. 그런 개들은 인간의 소유물, 인생의 장식품밖에 안 된다. 그런 개들은 우리가 잃어버린 광대하고 고귀하고 신비한 세계를 상기시켜주지 못한다. 우리를 더 상냥하거나 다정하게 만들어주지 못한다.

목줄에 묶이지 않은 개들만 그걸 해줄 수 있다. 그런 개들은 우리에게만 헌신하는 게 아니라 젖은 밤이나 달, 수풀의 토끼 냄새, 질주하는 제 몸에도 몰두할 때 하나의 시가 된다.

༄

너무 멀어서 우리 귀에는 들리지도 않는 천둥이 벤의 귀를 압박해오면 녀석은 우리를 깨워 먼저 M에게, 그다음 나에게 벌렁거리는 가슴으로 뜨겁게 기댄다. 그러고는 우리가 따스한 목소리로 천천히 속삭여주는 사랑의 말을 듣는다. 하지만 폭풍우가 지나가면 녀석은 다시 용감해져서 밖으로 나가고 싶어 한다. 문을 열어주면 뒤도 안 돌아보고 미끄러지듯 나가버린다. 이른 새벽의 서걱거리는 푸른 공기 속에서 우리는 녀석이 바닷가를 따라 일출의 첫 분홍빛을 향해 달려가는 모습을 지켜본다. 우리는 풍경과 하나가 된 그 즐거움에—자연 속의 그 위대하고 아름다운 기쁨에 매료된다. 개의 즐거움을 보고 우리의 즐거움도 커진다. 그건 작은 선물이 아니다. 그건 우리가 자신의 개와 길거리의 개들, 아직 태어나지 않은 모든 개들에게 사랑뿐 아니라 경의까지 보내야하는 커다란 이유다. 음악이나 강이나 부드러운 초록 풀이없다면 세상은 어떤 모습일까? 개들이 없다면 세상은 어떤모습일까?

메리 올리버가 부르는 사랑의 노래

시인은 새벽의 푸른 어스름 속에서 숲에 난 오솔길을 걷는다. 여우 한 마리가 얼어붙은 연못 위로 도망친다. 시인의 늙은 개가 여우를 쫓고 연못의 미끄러운 얼음 위에서 슬로비디오를 방불케 하는 추격전이 펼쳐진다. 어둠이 가시고 해가 떠오르기 시작하면서 분홍빛으로 물들어가는 바닷가, 그곳에서도 개가 시인을 앞질러 달려간다. 검은 낙엽이 푹신하게 쌓인 숲, 흰 눈이 덮인 과수원에서도 시인 곁에는 늘 개가 있다. 폐차장에서 태어났지만 별을 보며 꿈꾸는 법을 아는 루크, 행복한 현재를 누리면서도 가끔 과거의 트라우마에 시달리는 유기견 출신 벤저민, 『바가바드 기타』를 뜯어 먹고 세상에서 가장 현명한 개가 된 퍼시, 쿠바 혈통을 지녀서인지 연애를 잘하는 리키, 그리고 베어, 그리고 바주기. 평생 개를 사랑했던 시인 메리 올리버와 삶의 여정을 함께했던 반려견들이다.

메리 올리버는 개들의 충직함, 착함, 상냥함을 찬양하면서도 가장 소중한 미덕으로 야생성을 꼽는다. 그는 산문 「개 이야기」에서 "개는 야생성에서 완전히 벗어날 수 없고, 그건 우리에게도 득이 된다. 야생성은 우리의 고향이기도 하며, 우리는 걱정거리와 문제가 가득한 현대로 질주해 들어오면서 우리가 지키거나 복구할 수 있는 근원과의 훌륭한 연결 장치를 필요로 하기 때문이다"라고 말한다. 그리고 다음에 이어지는 "자유로이 뛰어다니는 개들이 나무라면, 평생 목줄에 묶여 얌전히 걸어 다니는 개들은 의자라고 할 수 있다"라는 선언은 의미심장하다. 개들의 야생성은 그들이 자연에 얼마나 가까운지를 나타낸다. 자연에서 삶의 모든 가치와 의미, 아름다움을 발견하고 자연과의 교감이 주는 경이와 기쁨을 시로 노래하는 메리 올리버에게 개들의 야생성은 칭송받아 마땅한 것이다. 시 「폭설」에서 메리 올리버는 흰 눈이 쌓인 과수원에서 신나게 뛰어놀며 "새하얀 눈 위에 살아 움직이는 커다란 글자"와 "이 세상에서 몸이 누리는 기쁨을 표현하는 긴 문장"을 쓰는 베어를 보면서 자신은 그보다 더 잘하진 못할 것임을 인정한다. 시 「루크」에서는 개가 꽃을 즐기고 감상하는 방식에 경의를 표한다.

개는 야생적인 존재로서 인간에게 자연으로 돌아가

는 길을 알려주기도 하지만, 한없이 순수하고 열정적이며 결코 변함이 없는 사랑을 할 줄 아는 사랑 덩어리로서 사랑의 기쁨을 가르쳐주기도 한다. 메리 올리버와 개들이 나누는 사랑과 교감은 우리가 고독한 삶에서 갈구하는 진정한 관계 맺음이다. 시 「어디서 왔는지 모르는 벤저민」에서 과거의 악몽에 시달리는 고통이 어떤 것인지 아는 메리 올리버는 동병상련의 마음으로 벤저민을 보듬으며 이렇게 위로한다. "걱정 마. 새 삶을 살아도 과거에 시달리는 게 어떤 건지 나도 안단다." 시 「대화」에서는 며칠 집을 비워야 해서 애견호텔에 전화했다가 그 사실을 알게 된 베어가 "난 슬프고, 슬프고, 슬플 거야"라고 호소하자 결국 여행을 취소하고 만다. 시 「리키가 말하기에 대해 말하다」에서는 휴대전화만 들여다보며 대화가 단절된 채 살아가는 현대의 가족 문화에 대해 한탄하면서 그와 리키는 서로에게 마음을 쓰고 서로의 말을 들어주기에 대화가 가능하다고 말한다.

하지만 개들의 삶은 너무도 짧기에 메리 올리버는 죽음과 이별, 그리움도 이야기해야만 한다. 「개의 무덤」「"나는 나의 개 퍼시를 생각하게 될 테니까」「처음 퍼시가 돌아왔을 때」가 그런 시들이다. 산책길에 "앞장서서 들판을 헤매어 다니다가도" 어김없이 시인의 곁으로 돌아오던 개가 이제 소나무 아래 묻혀 "흔들림 없는 잠"을 자고 있다. 다정한 장난꾸러기 퍼시의 곱슬곱슬한 흰 털도 이제 만질 수가 없다. 시인은 "개는 당신에게 와서 당신 집에서 당신과 함께 살지만/그렇다고 당신이 개를 소유하는 건 아니야,/당신이 비나 나무, 그것들과 관련된 법칙들을/소유하는 게 아닌 것처럼"이라고 되뇌며 가슴 저린 슬픔과 그리움을 달랜다. 그래도 죽은 개가 그리우면 하늘의 흰 구름을 유심히 바라본다. 흰 구름은 부단히 형상을 바꾸다가 이윽고 흰 개의 모습이 되고 그제야 비로소 시인은 이루 말할 수 없는 행복감에 젖는다. 메리 올리버가 부르는 참으로 지극한 사랑의 노래다.

2021년 3월
민승남

개를 위한 노래
Dog Songs

초판 1쇄 발행 2021년 3월 15일 | **초판 4쇄 발행** 2024년 2월 16일

지은이 메리 올리버
옮긴이 민승남
펴낸이 윤동희
책임편집 김미라
디자인 장미혜

펴낸곳 ㈜미디어창비
등록 2009년 5월 14일
주소 04004 서울 마포구 월드컵로12길 7 창비서교빌딩
전화 02) 6949-0966   **팩시밀리** 0505-995-4000
홈페이지 books.mediachangbi.com
전자우편 mcb@changbi.com

한국어판 ⓒ ㈜미디어창비 2021
ISBN 979-11-91248-06-7 03840